바람 미술관

바람 미술관

윤범모 시집

다홀미디어

차례

제1부 자서전

제3부 영혼의 무게

제1부

자서전

자서전

어떤 사진작가가
카메라 조리개를 크게 열어놓고
연극 한 편을 찍었다

시간의 축적을 인화했다
찧고 까불었던 등장인물
모두들 어디로 갔는가

오랜 시간 노출로 열심히 찍은 오만가지 이야기
지지고 볶고 설쳐댔지만
결국 남은 것은 백지
하얗게 지워진 무대

어떤 자서전

나는 도둑놈이다

평생 도둑질을 즐기면서 살았다
말하기 좋아 역마살 인생이지
좋은 풍경 찾아다니며 세월을 탕진했다

멋진 풍경 하나 만들어 남에게 보이지도 못하고
낡아 버린 탐미의 얼룩들
이마에 쭈글쭈글 밭고랑으로 남았다

진정 고백하건대
평생 남의 풍경만 훔치면서 살아왔다

나는 도둑놈이다
풍경 도둑놈*

---

*전창운 화집. 『풍경 도둑놈』 참조

나는 진짜 도둑놈이다

멋진 풍경 하나 만들어 남에게 보이지도 못하고
평생 좋은 풍경만 찾아다닌
나는 풍경 도둑놈이다

이 같은 내용의 졸시를 보고
어떤 여류시인이 문자 메시지를 보냈다

여자들 마음 훔친 것은 쏙 빼놓고
어찌 풍경만 훔쳤다고 고백할 수 있는가
이 도둑님아

나는 즉각 답신을 보냈다
어찌 여자 맘만 훔쳤겠느냐
몸도 훔쳤으니
나는 진짜 도둑놈이다
여색 도둑놈

오낙엽 씨

지난 여름은 위대했다고
도처에서 칭송이 자자하더라도

찬바람 불면
서푼어치의 미련도 남기지 않고
단호하게 떠날 채비를 하는 그대

매년 때가 되면
옷 벗는 연습 하라고 교육시키는
나의 호스피스

오, 낙엽 씨

땅과 친해졌다

길을 따라가다 넘어졌다
여태껏 땅바닥이라고
짓밟기만 했던 그 바닥에
온몸을 눕혔다

참, 잘 넘어졌다
땅은 더 이상 바닥이 아니었다
넘어지고 보니
지구의 우듬지였다

넘어지지 않은 사람은 모를 것이다
땅을 딛고 일어서는 사람은
땅에서 넘어진 사람이라는 것을

오늘 나는 땅 꼭대기에서 넘어졌다
지나가는 바람은 모른 체 했지만
하늘에게는 조금 미안했다

땅과 친해졌다

작은 산, 너도 부담스럽다

제일 높은 정상 대신
그 옆의 작은 산에 올라갔다
큰 산이 잘 보였다

내 것은 물론 남의 것도 수중에 넣어야
행복이 오는 줄 알았다
세월이 할퀴고 간 다음
내 것조차 다 챙기지 않으니
헐거워진 만큼 여유가 생겼다

오늘 나는 낮은 산에 올라갔다
꼭대기가 더 잘 보여 내 것처럼 여겨졌다

오른다는 것
이제 작은 산에 오르는 것도 부담스럽다

산은 꼭 거기에 있어야만 할까

고양이 찾기

제 직업은 집 나간 고양이를 찾는 것
한마디로 고양이 탐정이지요
세상에 그런 직업도 다 있느냐고 묻겠지만

자, 가출한 고양이를 찾아볼까요
여기서 무엇보다 중요한 것은 적막한 시간
거기다 깜깜한 밤이면 더 좋겠네요
그렇다고 멀리 갈 것도 없어요
우선 집안의 후미진 곳부터 살펴보세요
움직이는 것들의 습성은 다 비슷하니
야옹아, 야옹아
간절하게 불러보세요
화두를 든 것처럼

소식이 없으면 옆집으로 가세요
거기도 아니면 그다음 집으로
아마 동네 어디엔가 숨어 있을 거예요
고양이는 결코 멀리 있지 않아요

다만 주의할 것 하나가 있는데
손전등을 사용하면 안 돼요
억지로 빛을 만든다고 해결될 일은 아니거든요

고양이는 정말 가까운 데 있어요
깜깜한 곳에 숨어 있을 따름
마음의 등불을 높게 걸면 찾을 수 있을 거예요
잠깐, 지금 뭐라고 질문했어요
당신의 정체가 뭐냐고, 그게 무슨 말씀이세요

고양이 탐정인가
아니면
선방 수좌首座인가?

바람 미술관

바다가 보이는 비탈진 언덕에
미술관이라고 명패를 단 창고 같은 조그만 건물
안에는 진열품 하나 없다

꽉 채우지 않은 벽면의 일정한 간격
그 파격의 틈새로
햇살은 막무가내로 비집고 들어와 빗금으로 살랑거렸다
화려했다
햇살 작품

태평양 건너
제주의 억새밭 뒤흔들고 끼어든 바람
전시장을 가득 메웠다

바람을 전시하다니
바람소리를 전시하다니
세상의 소리를 보라고 전시하다니

오, 관세음觀世音보살

대나무

대나무는 나이를 자랑하지 않는다
그래서 나이테가 없다
아니, 세월이 갈수록 속을 크게 비워낸다
허리를 굽히기는커녕 꼿꼿하게 서서
사시사철 푸르기만 한
그는 별종別種이다

나는 욕망의 서울 거리에서 헤매고 있는데
친구는 대나무 숲에 가자고 보챈다

대나무
우리 사회와 어울리지 않는 놈
지독한 놈

친구여
대나무를 멸종시킬 수 없겠는가

빈 항아리

술독
지독한 놈이다
술 담았던 항아리는 장을 담을 수 없다
술독毒에 쩌들어
이제 아무짝에도 쓸 수 없다
구수한 된장 한 종지조차 담아 줄 수 없는

허우대는 멀쩡하지만
평생 술에 쩔어
속 빈 놈
멍청하게 후미진 구석이나 겨우 차지하고 있을 뿐

내 몰골과 겹쳐지는

빈 항아리 하나

벌거벗고 노래하는 사내
— 조나단 브로프스키의 작품 앞에서

설날 연휴에 과천으로 갔다
계곡 타고 내려오는 바람이 몸을 움츠리게 했다
무슨 소리인가
바람 소리치고는 이상했고
귀신 씨나락 까먹는 소리 같지도 않았다

미술관 입구에 들어서자
거기 덩치 큰 사내 하나
알몸으로 우뚝 서 있다
그는 아래턱만 움직이면서 뭔가 소리를 만들었다
노래하는 사람이란 제목을 달고

비가 오나 눈이 오나 사시사철 밖에 서 있는 사내
신음소리 통곡소리 속으로 잠기게 하고
때가 되면 무조건 노래를 불러야 하는 사내
허우대만 그렇듯 하지
팬티 한 장 걸치지도 못하고 울어야만 하는 사내

나는 미술관 안에 들어가지 못하고
밖에 서있어야만 했다
점점 목이 쉬어가면서

하늘을 담는 그릇

과자를 담은 그릇
한 번 쓰고 버리기에는 너무 아까워
과자 몇 개 꼬시래 삼아 마당에 놓았더니
어떤 벌레가 잡수었나
텅 빈 그릇 하나 덜렁 남았네

심심한 그릇이 안쓰러웠는지
하늘은 빗물을 보내고
새들 불러 친구 삼아주었네

하늘을 담는 그릇
지상으로 내려온 하늘에
구름도 찾아와 그림까지 그려주니
이 무슨 횡재인가

그릇을 들어보니 주름진 얼굴 하나 들어있네
누구의 자화상인가

하늘조차 쫓아버리고
계속 흔들리고 있는

취급주의

비행기 타기 위한 탑승권 수속 중에
짐표를 붙이면서 아가씨가 묻는다
가방 안에 깨지는 물건 있나요
아, 없어요
아니, 여기 하나 있어요

깨진 유리잔 그림
취급주의 꼬리표

야물지 못해 평생 허술하게 살아 온
언제 깨질지도 모르는 위태로운 물건 하나
취급주의 꼬리표
옷깃에 휘날리며
나는 비행기에 오른다

허허허

큰일 났습니다

폭염과 열대야로 시달린
지난 여름
우리 백성들은 살아생전에
확탕지옥鑊湯地獄을 체험했습니다
그래서 사후에는 모두
천국으로 갈 것입니다

큰일 났습니다

시껍했네

바람 일으켜 세워놓고
꽃잎 하나 떨어지는구나

바람에
이 몸도 갸우뚱
추락할 뻔했네
오늘이 마지막 날인 것처럼
정말
시껍했네
이 한순간의
십겁十劫
시껍했네

꽃망울 맺건
꽃잎 떨어지건
찰라, 찰랑

찰라, 찰랑
그것은 십겹
시껍했네

가야산 홍류동에서

인간들 시비 다투는 소리가 들려올까봐
계곡 물소리로 산을 감쌌다고
신라의 대선배님은 노래했는데
그런 노래를 바위에 새겨 놓았다는데

도시의 귓가에서 맴도는 아귀다툼 좀 씻어볼까
가야산 홍류동 계곡에 갔는데
물소리는 빈혈에 허부적거리고
대신 관광객 흥청거리는 굉음만 가득했는데

인간세상 꼬락서니 보기 싫어
하늘은 홍수 앞세워 계곡을 뒤흔들어 놓았다는데
고운孤雲 시비詩碑도 엎어버렸다는데

참, 잘했다

제2부

실버모델

실버모델

- 요즘 어떻게 지내세요
- 무대에 오르면서 잘 지내고 있어요
- 무대, 웬 무대?
- 실버 패션모델이 되어 활동하고 있어요
- 패션모델? 할머니 모델도 있습니까
- 그럼요. 할머니라고 옷을 입지 않는가요
- 아, 그렇군요
- 어렸을 때 예쁜 옷 입은 아이들을 보면 무척 부러웠거든요
  요즘 모델 되어 예쁜 옷 마음대로 입어 너무 행복하답니다
- 모델은 남의 옷만 입는 거잖아요
- 그래도 예쁜 옷 실컷 입어보는 재미가 어디인데요
- 아, 네
- 할아버지 모델도 필요한데 같이 가실래요?

회색 그림 속의 가난했던 소녀
할머니 모델 되어 예쁜 옷 실컷 입고 있다는

박수근 그림 속의 어린 딸

색채론

무지개 빛깔을 모두 합치면 하양
빛은 섞으면 섞을수록 하얗게 되는데
사람이 만든 물감은 왜 그럴까
섞으면 섞을수록 까망

까망과 하양의 무채색은 그렇다치고
오방색 살펴보니
빨강, 파랑, 노랑
ㅇ(이응) 돌림
무지개의 보라는 오방색 아니어서 보랑 아니네

분단으로 파랗게 질린 산천
짙은 원색 질펀한 정색正色의 나라라고 주장하면
새빨간 거짓말 될까

붓을 던지니
비로소 나의 색깔이 움트기 시작하네

푸르스름한 새싹은 비껴가고
붉그죽죽 해는 기울어 가는데

별 헤는 밤

─ 배종헌의 설치작품에 대한 주석

여보게
나이가 든다는 것은 하늘의 별을 잃는다는 것인가
어렸을 때 보았던 그 많고도 많았던 별들
지금은 다 어디로 갔단 말인가

여보게
오늘 빌딩 숲을 걷다가 발걸음 멈추었네
어허, 별들의 숲
언제부터 하늘의 별들이 지상으로 내려와
도시를 가득 채우고 있었던가
별이 촘촘히 박혀 있는 거리의 상표들
LG TV 화면을 힐끗 보면서
롯데리아를 지나고
스타벅스를 지나고
오리온 과자를 먹고
칠성사이다를 마시고
반짝이는 운동화를 신고

은행과 투자회사를 지나
질주하는 벤츠 곁에서
삼성 스마트 폰을 들여다보고

여보게
사라졌던 별들이 도시로 내려와
어린 날의 꿈조차 앗아가 버렸는데
우리는 어디로 가야 좋단 말인가

이제 도시의 거리에서 대낮에도 짓밟히고 있는
별 헤는 밤!

베니스의 도마뱀

베니스 비엔날레와 함께
아르세날레 길목 해군클럽에서의
젊은 전시
설치미술치고는 보기 어려웠던 것
로비의 바닥을 향 가루로 가득 채웠다
향 가루로 쓴 돋을새김의 문자
베니스의 게이바 간판들이라고 했다
남자가 남자를 그리워하는 곳

전시는 이색적인 분향 의식
덕분에 건물 안은 향 타는 내음으로 가득했다
향 가루로 새긴 이름들은 천천히 재로 바뀌었다
아무리 정성 들여 썼다 해도
지워지는 이름들

어느 날 밤 불청객이 쳐들어왔다
작품 위로 길게 그어진 발자국

불타는 곳에서는 뜨거웠는지 몸부림 흔적도 보였다
보폭으로 보아 도마뱀의 소행이라 했다
추가된 도마뱀의 발자국

드디어 작품을 완성시켰다

빈 손

내 지인이 커피 두 잔을 들고 가다
넘어져
얼굴을 시멘트 바닥에 찧었는데
결국 저승으로 직행했다네
그깐 커피 두 잔이 아까워서
두 손을 묶어놓은 바람에
그만 참변을 당했다네

사람은 나이 들수록
두 손을 가볍게 해야 한다네
커피잔은 없어도 좋으니
빈 손바닥만 보여주게
주먹 쥐고 저승 가는 사람은 없으니

(노털 할배
오늘도 설교하시네

세상 물정은 어떻게 하라고
정말 웃기시네, 웃겨!)

개미 한 마리

-1-
아스팔트 위에
까만 점 하나
어허, 움직이고 있네
밟지 않으려고
급하게 발걸음을 바꾸다
기웃뚱, 넘어졌네

지구를 움직인
개미 한 마리

-2-
개미 한 마리를 노래했지만
어디서 본 이야기 같기도 하고
어쩜 유치한 발상 같기도 하고

이런 것도 시랍시고
끌쩍거리고 있는 신세

참, 한심하구나
개미 한 마리에
온몸을 무너트리면서

부전자전

 -1-

손님 왔다, 나가 보세요

네 애비의 말이다
누가 대문을 두드리면 마당에 있다가도
부엌으로 달려와 나한테 나가보라고 했단다

그것참, 알 수 없는 일
사업하면서 육남매 모두를 서울로 보내
대학 졸업까지 시켰으면서
만년에 이를수록 왜 그렇게 옹색해졌을까

 -2-

식당 같은 데에서 계산할 때
청구서가 틀린 것을 한눈에 알아내는
내 평생에는 있을 수 없는

명색이 가장이면서 야무지지 못하다고 지청구나 주는
우리 집 안의 해, 아내, 그렇지, 태양…

누가 왔나보다
문 두드리는 소리
나는 급히 안방으로 달려가 소리 지른다

손님 왔다, 나가 보세요

장미, 이제 너는

국내 연구진이 개발에 성공했단다
딥 퍼플
테두리 색깔이 더 짙은 분홍색 꽃잎
새로운 품종의 장미
그것도 가시가 없는 장미
뭐!
가시 없는 장미?
장미, 이제 너는 망했다

얘야, 아들아
자고로 예쁜 꽃은 함부로 꺾는 것이 아니란다
장미 아름답다고 마구 꺾다가는 피를 보지
요염한 것 뒤에는 으레 가시를 숨기고 있단다

외박하고 돌아온 젊은 아들에게
회초리 삼아 장미 한 송이 건네줄 아비
더 이상 볼 수 없게 되었도다

장미, 이제 너는 망했다

오폭설 씨

사랑은 포근하게 오는구나
하얗고 부드러운 손길
그대가 있으므로
더욱 아름답구나

인간 세상 말도 되지 않는 꼬락서니
자꾸자꾸 반복하니
보기 싫어, 보기 싫어
드디어 화가 난 그대
여린 손들 뭉치니 거대한 힘으로 바뀌는구나
교통지옥 만들어 도시를 마비시키고

민초도 뭉치면
세상을 바꿀 수 있다고
한 수 일러주는

오, 폭설 씨

백의민족

당신은 어떤 색깔을 제일 좋아하십니까

국가기관에서 한국인의 색채선호 조사를 했다
한국인이 가장 좋아하는 색깔은?
백색
땡, 틀렸다

백의민족은 교과서에서나 나오는 말
오늘의 한국인이 가장 좋아하는 색깔
바로 파랑이다

도시의 번화가에서 행인을 바라본다
하얀 옷 입은 사람 정말 보기 어렵구나

조그만 짐차가 지나간다
하얀색 바탕에 박혀 있는 당당한 상호
저 혼자만 찬란하다

백의민족 세탁소

연못 이야기

연꽃을 심고 싶었다
하지만 먼저 자리를 차지한 수초를 제거해야
연꽃을 심을 수 있다고 했다
연못의 선 입주자를 뿌리째 뽑았다

연꽃은 자기들끼리만 모여 살았다
다른 꽃들은 얼씬도 하지 못했다

단일민족이라는 어떤 나라
조그만 연못 같은 나라
끼리끼리 모여 한 가지 목소리만 요란하게 내면서
담장을 높였다
두 쪽으로 갈라진 줄도 모르고
껍데기만 화려하게 치장하려 했다

담장 문을 열고자 하니
숲속의 새들이 먼저와 축가를 들려주었다

새들은 네 편 내 편이 없었다
사실 연꽃도 그랬다

불구

　　— 단동丹東 압록강 단교斷橋에서

철교 위를 멀쩡하게 걸었지만
강을 건너기도 전에 발걸음을 멈춰야 했다
폭격으로 끊겨진 다리
더 이상 진전이 없는 다리

전쟁은 압록강을 불구로 만들었다
반세기가 훌쩍 넘어도 아직 불치의 병인가
이국에 와서 나는 절뚝거리는 불구가 되었다

내 다리 내놓아라
빗자루 귀신아

달걀귀신아

겁도 없는 게 한 마리

해남 미황사 대웅전에 가면
주춧돌 위에 게 한 마리가
드넓은 바다를 끌고 올라왔는데요
땅끝에 우뚝 솟은 병풍바위 산을
파도로 출렁거리게 해놓고
저 건너 언덕으로 가자고
돛대를 올리고 있는데요

조그만 게 한 마리가 겁도 없이
영겁도 없이
반야용선을 끌고 있는데요

미황사가 한 말씀 던지네요
이놈아
왜 너 혼자만 눈 감고 있는 거냐?

차 마시다 술 마시다

지리산자락에서 차를 마시네
온갖 비바람 받아들여 숙성시킨 야생차를 마시네

아무리 마셔도 가시지 않는
때 묻은 세월의 앙금
부끄러워 술을 마시네

차 마시다
술 마시다

곡차 곡차
차곡차곡

차 마시고 술 마시고
차곡차곡
오지랖 넓은 지리산 슬며시 사라지네

대작하던 지리산아
어디로 도망갔느냐

저놈을 대령하렷다!

알콜소독

어떤 행사의 뒤풀이 자리
화장발 짙은 중년여성이 부러운 듯 말을 건넨다

- 어쩜 피부가 그렇게 고우세요
  무슨 비결이라도 있나요
- 아, 네, 비결? 비결이 있다면 있지요
- 비결이 뭔데요
- 아니, 비결을 어떻게 맨입으로 가르쳐 줄 수 있습니까
- 그럼 어떻게 할까요
- 한 잔 사야지요

피부 관리에 혈안이 된 여자들 덕분에 질펀하게 벌어진 술판
왜 술을 마시고 있는지조차 잊고
계속 술병을 비우고 있자니
더 이상 참을 수 없었던 여자가 재촉한다

- 비결은요?

- 아, 네, 지금 온몸으로 가르쳐주고 있잖아요
- 아니, 뭐라고요?
- 비결은 마음 비우는 거예요
  술병 비우듯 마음을 비워라
- 아니, 세상에 그런 비결이 어디에 있어요
- 그럼 구체적으로 말 할게요
  껍데기가 그렇게 중요하다면
  알콜로 열심히 소독하라, 이 말입니다
- 뭐, 알콜 소독?

나는 오늘도 여자들을 등쳐먹었다

ㅎㅎㅎ

건널 수 없는 강
— 압록강 단동丹東에서 신의주를 바라봄

남의 나라 강둑에서 배에 올랐다
이내 한복판에 도달했지만
배는 더 이상 나갈 수 없었다
건너편 뚝방에선 사람들이 어슬렁거리고 있었는데
그들과 아무것도 할 수 없었다

강물은 내편 네편 나누지 않고
정답게 흘러가고 있었지만
나는 배 머리를 되돌려야 했다

건널 수 없는 강
세상에서 가장 긴 강-폭

웃긴다

오태풍 씨

얼마전 난리 치며 한바탕 할퀴고 가더니
오늘 또다시 오셨네
아직도 화가 풀리지 않으셨나요
회초리 들고 자꾸 오시니

소생도 이제 나이가 드는 것 같아 조용히 있으려는데
그런 속사정 눈 감아 줄만도 하련만

뜨거운 세월 포기하고 뒷전에 쳐져 있으려면
그깐 놈의 일생
아예 집어 치우라고요?

가로수 뒤집어 엎을 열정
잊지 말라고
또다시 찾아온
나의 조련사
오, 태풍 씨

운부암

목조건물의 커다란 도둑놈은 화마火魔
그 불火한당, 불한당不汗黨 퇴치하려고
절 아래에 부적처럼 작은 연못을 팠다

수면水面이 거울 같다
암자는 연못 속에 잠겨 온몸을 적시고 있다
드디어 화재 걱정 내려놓았다

거울 위에 낀 때 뭉텅이
이제 수면睡眠 속에서도 먼지 털어진 줄 알았다
아, 그러나
잔잔한 바람결에도 흔들리는 수면
가부좌 튼 선방을 지우고 있다
눈 떠 있을 때나 잠잘 때나
항시 똑같아야 한다고 일렀거늘
마음 길
아직 멀었다

연못가에서
잔바람에도 흔들리는 나그네 마음
아직 뜬구름 머물러 있는
운부雲浮의 집
화마가 올지도 모르는

두렵다

언제 그곳에 다시 갈 수 있을까

양귀비, 가시가 없는

들판에서 양귀비꽃을 꺾었다
은근히 요염한 것
내가 한눈파는 사이에 이내 시들었다

가시를 숨기고 있는 장미는
오랫동안 아름다움을 뽐내는데

시든 양귀비꽃을 들고
내 몸속에서 돋아난 가시를 더듬어 보았다
장미는커녕 나팔꽃 흉내도 내지 못했으면서
웬 가시는 그렇게 많이 키웠던가
허허허, 양귀비 채집 시대의 무기?
아직도 날카롭다

제 몸 뚫고 나온 가시
이제 제 몸 찔러 아프게 한다

오, 양귀비
가시가 없는

주름살 바다

바람 부는 날
해변에 가다

파도가 드세다
바다도 이제 늙었는가
짙은 주름살 피부에 가득하다

파도는 바다의 나이테
열 겹, 백 겹, 헤아릴 수 없게 한다
늙은 바다
바람 부는 날은 더욱더 쭈글쭈글하다

바다 어르신을 대접하기는커녕
온난화 끌고 와 비만증을 부추겼던 나
숨 가쁜 파도에게 미안하다
나는 바닷가에서 무릎을 꿇는다
맨몸으로 맞는 파도 회초리

바다 주름살
파도 회초리

경기전 매화

전주에 도착하다
친구는 들릴 데가 있다면서
경기전 앞에서 차를 세운다
웬 경기전, 태조 임금에게 문안인사라도 올리라고?

대숲을 지나 옆길로 들어서니
바닥에 납작 엎드린 용 한 마리
아, 용매龍梅
왜소한 몸매로 오랜 풍상 견뎌내면서
신춘을 알리는 꽃 만발시켰구나

오늘처럼 찌푸린 날씨엔 향기를 더욱 짙게 뿜어내며
안빈낙도安貧樂道 증거하고 있구나
매화표 향수를 바닥으로
바닥으로 낮게 깔아주면서

나는 큰절을 한다
향기 독식하고자 허리 숙여 욕심부렸다고 해도

입 다물겠다
찌푸린 날씨가 은근히 전달해 준
매화향 떡고물
절값치고는 너무 거창하구나

아, 용매 어르신!

섬

바다는 외로워 섬을 만들고
섬은 외로워
바람 불러와 파도를 만든다

섬은 파도소리 장단 맞춰
제 몸 뚫어 바늘 하나씩 키운다
소나무 숲은 날로 무성해지고 있다

파도는 계속 몰려와
항상 눈 떠 있으라고
소나무 바늘을 키우고 있다

섬
백척간두에 서 있다
나는 파도가 뭔지도 모르면서
그 언저리에서 서성거리고 있는데

토굴

이왕 토굴을 짓는 것
산 정상 가까이 짓지 그랬어요
그래야 소나무 숲도 눈 아래에 있고
전망도 더 좋았을 텐데요

나 하나 잘살자고
꼭대기에 집을 지을 수 있나요
중턱쯤에 자리 잡아야
나무들과 친구도 되지요
저 잘났다고 군림하려면
태풍이 몰려와 지붕을 날려 보내지요
태풍은 소나무 숲 위로 지나다니거든요
적당히 키를 낮춰야

등불이라도 밝힐 수 있지요

몽골 초원에서

그렇게 모여 살고 있었구나
나무 한 그루 없는 평원에서
풀, 풀들
키를 낮추고 또 낮추면서
떼를 이루며
풀떼

대지의 알몸을 감싸주고 있는
초원
몇 날을 달려도 줄기차게 쫓아오는
푸른 하늘의 짝꿍

징기스칸 군마軍馬들이 짓밟고 갔다 해도
그들의 흔적 몽땅 지우고
푸르른 옷자락 휘날리고 있구나
풀풀
야단법석의 풀잎 수행자들

한 소식이 별것이냐며 잔바람에도 춤을 추고 있구나

풀잎
나의 도반道伴

양떼와 염소

-1-

양떼들아
광활한 초원이 그렇게 두려운 것이냐
땡볕 여름인데도 두툼한 털옷 입고
마냥 몰려만 있으려 하니

초원이 몽땅 밥상인데도 구미가 땡기지 않는 것이냐
어진 양이란 소리 듣는 것은 좋다만
움직이는 것 싫어할수록
너의 몸뚱아리는 메말라 가는구나

-2-

목동은 가녀린 양떼를 위하여
염소를 데리고 온다

염소의 역마살 덕분에
얼떨결 따라다니는 양떼
한 마리의 염소 덕분에 한 무리의 양떼가

토실토실 살이 오른다

몽골 초원에서
나는 풀이 되어 누워있다가
양떼 속의 염소를 꿈꾸다가
오체투지하고
합장을 한다

오, 염소 보살님

천정에 매달린 장갑

막걸리 마시다
천정을 보니
일회용 비닐장갑 하나
물을 잔뜩 먹고 매달려 있다

술꾼을 내려다보고 있는
활짝 펼친 손바닥

술이 취하지 않아
식당 주인에게 물었다
왜 천정에 장갑을 매달아 놓았습니까

파리 쫓는 손
사람의 손바닥입니다
사실 사람 손처럼 무서운 게 세상 어디에 있습니까
파리조차 무서워 얼씬도 하지 않는답니다

아, 무서운
무서운 사람의 손

나는 막걸리 잔 잡았던 손을 슬그머니 내려놓는다
취해서 비틀거리는 물 먹은 손바닥

명함 찢기

생각나지 않는다
그의 이름
누구는 별호別號가 백 개도 넘었다던데
본명 하나 지키기도 쉽지 않다는 것인가

작은 산에 올라갔다
이름 없어도 그는 남 탓하지 않고 의젓하기만 했다

이름조차 없는 산에서
나는 명함을 찢었다
과연 아깝다는 생각까지 남기지 않고 찢었을까

이름 버리고
산을 내려오면서 헛발 많이 디뎠다

정말 산은 산일까

산속에서도
산이 산인 줄 몰랐네
물속에서도
물이 물인 줄 몰랐네

가야산 호랑이의 죽비소리
산은 산, 물은 물

그 싱거운 법어에
화들짝 놀라 되돌아보니
길 위에서 길을 찾아 헤매고 있었네

빌어먹을 인생
꽃다발 들고 가면서도
딴 꽃다발에 한눈이나 팔고 있는

제3부
영혼의 무게

영혼의 무게

어떤 의사가 초정밀 저울을 만들어
임종 전후의 사람 무게를 쟀다나 어쨌대나
(세상에 그렇게 할일 없는 의사도 다 있었네)

숨을 거두게 되면 빠져나가게 될 영혼의 무게가 궁금했다나
아니, 영혼에 무게가 있기나 한가
놀랍게도 임종 직후 빠져나가는 무게가 저울 눈금에 잡혔
다는 데
그것도 사람마다 같은 눈금을 보였다는데
(뭐, 정말!)

오오, 21g
그것은 영혼의 무게

동전 서너 개의 무게에 불과한 것
그깐 서푼짜리 무게에 찌들어
한평생 찧고 까불면서 난리법석을 피웠단 말인가

살기 힘들다고 길게 내뱉은 한숨
아마 21g쯤 될까
세상 재미없다면서 펼쳤던 신문지를 구겨버렸는데
나와 무슨 상관이냐고 이웃의 사건을 무시했는데
21g보다 무거운 신문지, 그것을 버렸는데
(아이쿠, 이제 나는 죽었다, 꾀꼬리)

그렇듯 가벼운 영혼의 무게에 무엇을 담겠냐고
인생을 우습게 여긴 죄
사람들을 깔보고
세상을 방치한 죄
(네 이놈, 네 죄는 네가 알렸다!)

———

*1907년 미국의 덩컨 맥두걸 의사는 침대 크기의 정밀 저울을 만들어 임종 전
후의 사람 몸무게를 측정했다. 사람이 숨을 거두면 21g의 무게가 빠져나간다
는 공통점을 확인하고, 그 결과를 공식 발표한 바 있다. 영혼의 무게는 21g이
라는 주장이다. 그것참.

성인전용

어쩌다 말레이시아 채러팅 해변까지 가게 됐는데요
성인 전용 해수욕장이 있다 하여
조금은 들뜬 기분으로 찾아갔는데요

미성년 절대 출입금지 팻말을 보고
회심의 미소도 지으면서 들어갔는데요
어허, 성인전용이라더니
별다른 것 보이지 않고
침묵만이 요구사항이네요

평소 얼마나 떠들고 살았기에
아무 말도 하지 말라는 해변 휴양지
의외로 사람들이 가득하네요
피부색깔 다양했지만 침묵만은 공통언어였다네요

성인 전용이라는 선전에 현혹되어
핑크빛깔 나체촌을 기대하며 스며들었다가
부끄럼만 가득 안게 한여름 휴가

우리 함께 가보실까요
침묵하러
그것도 비싼 돈 내고
침묵하러

아홉 마리 금붕어

국립현대미술관의 안규철 개인전을 보러 갔더니, 제일 먼저 맞이한 작품은 커다란 연못이더라. 아니, 미술관 전시장에 웬 연못? 그것도 일정한 간격의 칸으로 동심원을 만들어 놓았네. 아홉 칸의 각 바닥면적은 동일하다지만. 기다란 통로, 골목길, 감옥, 어쩌면 앞으로 달리기만 해야 하는 육상선수의 트랙과 같아. 십 분을 달리건, 한 시간을 달리건, 상황은 똑같은 구조, 그것은 정말 스트레스. 작가 선생은 말하네.

트랙마다 한 마리씩 들어 있는 금붕어, 외로워 보이지 않는가. 금붕어의 고독, 혹시 그대는 알지 몰라. 독방에 갇힌 수인囚人처럼 고통의 강도는 매우 크지. 어느 날 보니 금붕어 한 마리가 옆 칸으로 월경했잖아. 그런데 두 마리가 같이 놀고 있는 거야. 심지어 세 마리가 함께 놀고 있는 경우도 있더라고. 물고기도 통방을 하는가, 정말 이상한 놈들이야. 혼자 있는 금붕어는 짜증을 잘 내. 저녁나절 전시장 문 닫을 때, 금붕어를 한 어항 안에 넣어두지. 그러면 자기들끼리 좋다고 난리야. 함께 있어야 행복하다는 거지. 더불어 살아야 좋은 거라고. 이튿날 전시 시간에 칸마다 한 마리씩 넣으면 이내 풀이 죽더라고. 스트레스받는 금붕어의 마음을 이해할 수 있겠어?

아니, 작가 선생. 금붕어가 스트레스를 받는지 아닌지, 어떻게 아시오. 금붕어랑 매일같이 살면 자연스럽게 알 수 있지. 아, 그런가. 하기야 옛날에 이런 일이 있었지. 장자 선생은 다리를 건너다 한 말씀 했겄다. "물고기가 즐겁게 놀고 있구나." 이에 혜자가 물었지. "자넨 물고기도 아니면서, 어찌 물고기가 즐겁다는 걸 아는가." 어, 어, 그래? 장자는 무어라고 대답했던가. "천지는 나와 함께 살아가며, 만물은 나와 하나다." 대충 이런 이야기가 아니었던가. 오, 그래? 천지 만물은 나와 하나라고? 이런, 큰일 났구나. 정말 큰일이네. 장자 선생이 즐거우니 물고기도 즐거웠구나. 휴일 미술관에 온 관람객들의 발걸음, 가볍구나. 나도 그 무리 속에 끼어 있는데. 아니, 내가 금붕어 되어 유유자적한다면, 세상도 유유자적할 수 있을까.

손님, 전시 끝날 시간이 다 되었어요!

보름달의 배후

뉴스를 보던 아내가 소리 지른다
아, 보름달이 활짝 떠올랐네
우리 밖에 나가 달에게 소원을 빌자

엉겁결에 아파트 정원으로 나선 우리 가족
누구나 간절한 소원 한 두 개씩은 있겠지만
머뭇거리고 있으려니 옆에서 소리를 지른다
당신은 소원도 없어?

오늘이 비록 한가위라 하지만 보름달 너무 찬란하다
나는 더듬거리면서 겨우 소리를 토해내는데
인류평화를…
뭐, 인류평화? 그거 너무 거창하잖아
그래? 그럼, 우리 가정 화목하고, 건강하고, 돈 많이 벌고…
그건 욕심꾸러기라고 신고하는 것 같은데

새삼스럽게 보름달에게 무슨 소원을?
자연은커녕 달에게 착한 일 한번 하지 않고서

무슨 염치로 소원을 빌란 말인가

보름달아, 미안하다
으징이 뜨징이 소원 다 들어주려면
그대도 명절 몸살을 앓겠구나
세상 살기가 너무 팍팍하니
오늘 밤 소원을 비는 족속들이 얼마나 많겠느냐

달아, 둥근 달아,
이태백 선배는 아직도 술병 들고 풍류를 즐기고 있느냐
오늘밤은 나만이라도 보름달 그대를 편하게 해주고 싶구나
그래, 오늘 밤, 나의 소원은 없다!

그러고 보니 이제 알겠다
그대의 깊은 뜻을
욕망덩어리들의 소원을 다 들어주다가는 중병 앓을 것
같아
반쪽만 보여주며 상대하고 있는 이유를

독식獨食꾸러기들의 꼬락서니가 보기 싫어
그대의 배후를 숨기고 있는 이유를

달아, 결코 그대의 알몸을 다 보여주지 말라
이것이 소원이라면 나의 소원이다

깜박거리는 달빛
아, 취한다
비틀거리는 지상의 발걸음 하나
아, 정말 취한다

신호등

일요일 아침
아슬아슬하게 질주했다
드디어 신호등에 걸렸다, 고맙게도
차 안을 베토벤 심포니가 꽉 채우고 있었다
멈춰서니 곁에 풍류가 기다리고 있었다

나는 신호등에게 꾸벅 절을 했다

바보 가마우치

까만 밤이 강을 적시자
어부들은 배에 올라 횃불을 밝힌다
뱃머리의 사내는 십여 마리의 새를 강물 속으로 던진다
끈으로 몸이 묶여진 새들
가마우치
입에 물고기를 물자
어부는 잽싸게 들어 올려
물고기를 토해내게 한다

기후岐阜라는 도시의 조그만 강
거기 여름밤마다 펼쳐지는
가마우치의 물고기 사냥
주민들은 1,300년의 역사를 가졌다고 자랑하는데
일본 국가지정 민속자료라고 자랑하는데
나는 유람선 타고 가마우치 낚시를 구경했는데
광복 70주년이라는 해의 8월에 그냥 구경만 했는데

남의 나라 놀이터에서
박수치다 정신이 번쩍 들었는데
아, 나도 덩치 작은놈들 앞장세워
한밑천 낚아볼거나

이리 오너라
가마우치
네 이놈들
바보야
이리 오너라

제 발로 걸어 들어가는 감옥

제 발로 걸어 들어가는 감옥이 있답니다
밖에서 출입구를 걸어 잠그게 한 조그만 동굴
창문도 없는 곳
그곳에서 평생을 보낸 분이 있답니다

해가 보고 싶은 수행자 한 분
어느 날 문을 열게 하고 동굴 밖으로 나왔다지요
그는 놀랍게도 69년 만에 밖으로 나왔답니다

하지만 노승은 해를 바라볼 수 없었습니다
깜깜한 동굴 속에서 오래 살다보니
눈이 퇴화되었기 때문이지요
눈멀게 하기 위해 평생을 바친 용맹정진인가요
노승은 마음의 눈으로 태양을 보면서
아예 그 곁으로 갔답니다

나는 이런 이야기를 듣고 경악합니다
물론 한반도 이야기는 아니고

저 멀리 티베트 수행자의 이야기입니다만
그것도 스웨덴 탐험가 스벤 헤딘의 자서전에서 본 기록입니
다만

눈멀도록 수행한 청정 비구
어디 가면 만날 수 있을까요
오늘도 동굴 탐험에 무릎만 깨지고 있답니다
무문관 임시 호텔도 없지 않다고 합디다만

마늘밭 항의

해변도로에 서 있는 안내판 하나
경치 좋은 길 끝

뭐, 경치 좋은 길 끝?
바다는 작은 둔덕으로 가려지고
이어지는 푸르른 들판
마늘밭이다

얼마 전 이웃나라에서 발표했지
장수 체질은 갈비씨보다 통통한 몸매가 유리하다
그래야 건강의 관건인 면역력 체계가 튼튼하게 된다
면역력 길러준다는 세 가지의 좋은 것

(이를 어찌 맨입으로 말해 줄 수 있겠는가
하지만 이 몸 행복국가를 위한 사명감으로 전하노니
귀 좀 빌려주실까요, 에헴)

녹차와 토마토
아니, 그것보다도 훨씬 더 좋다는 것
마늘!

곰도 마늘을 많이 먹으면
사람이 된다는 데
단군신화조차 무시한 해남 땅끝 동네의 과잉친절
안내판

바다 대신 마늘밭 나타났다고
뭐, 경치 좋은 길 끝

너 정말 죽고 싶으냐?

텅 빈 마당

아가씨
집 한 채 짓겠다고요
그럼 마당 한가운데는 나무를 심지 마세요
담장 안 마당[口] 복판에 저 혼자 잘났다고 나무[木]
서 있으면
정말 곤란困難하지요
피차 얼마나 피곤疲困하겠어요

아가씨
마당에는 서양식으로 잔디도 심지 마세요
마사토 깔아 햇볕 듬뿍 받아들여 집안을 환하게 하세요
대신 뒤란에는 대나무 숲 만들어 풍류도 즐기고요
여름날 앞마당의 뜨거운 바람과 뒤란 대숲의 시원한
바람
그 통풍의 맛으로 사는 게 우리네 살림이잖아요

아가씨
마당에는 아무것도 두지 마세요

여름날에는 소나기 음악소리 멋있게 찾아오고
겨울날에는 하얀 풍경화 즐기게 하지요
비우는 게 꽉 채우는 것
굳이 말할 필요조차 없지만요

그런대 아가씨
집이 왜 필요하세요
혹시 아가의 씨?

내 가슴 복판에 서 있던 커다란 나무
뿌리째 뽑아 버렸잖아요
이제 나는 빈 마당이에요
누군가 빗자루 들고 쓸어주지 않으면
잡초로 무성해질
나는 빈 마당이에요
텅 빈

작두 타기

　　— 강화도에서 김금화 만신과 함께

해는 기울고 있는데 장구소리 더욱 우렁차다
무녀는 시퍼런 작두날에
얼굴을 비비고
혀로 핥으면서
칼날을 푸르게 더욱 푸르게 치켜세운다

작두 두 개 나란히 세워놓고
어린 무녀는 드디어 버선을 벗는다

덩더쿵 덩더쿵
노을은 장엄하게 서녘을 물들이고 있는데
휘날리는 무녀복은 더욱 알록달록해지고 있는데
그 빛깔이 내 얼굴에 스며들고 있는데
가녀린 무녀의 맨발은 작두 위에서 춤을 춘다

꽃다운 10대에 내림굿을 받고 춤추기 시작했다던
그것도 한 60년 이상을 뛰었다던
늙은 만신은 말한다

-저 어린 것
  오늘 처음 작두날 위에 올라간 거예요
-아, 어쩜, 작두날 위에서 저렇게 춤을 출 수 있을까
  얼마나 연습하면 작두 위에 올라갈 수 있나요
-아니, 굿이 무슨 연습하고 올라가는 쇼인가요
  하기야 서양 무대에 가서 굿을 하게 되면
  리허설인가 뭔가 하라고 자꾸 보채요
  리허설을 하면 굿은 망치기 마련
  신바람이 도망가지요

  덩더쿵 덩더쿵
  늙은 만신은 눈빛으로 말한다
  매일 매일
  맨발로
  작두 위에 올라가라
  우리네 살림살이에 연습할 만큼
  사치스런 시간이 있었던가

작두에 올라라
맨발로 작두 위에 올라가라
한눈 그만 팔고!

왜 여자들이 더 오래 살까

친구야
왜 여자들이 남자보다 더 오래 살까
그야 여자들은 남자처럼 사회활동을 하지 않으니까
그만큼 스트레스가 쌓이지 않아서 그렇겠지
언제 여자들이 깡소주 퍼마시면서 울부짖는 것 봤냐고

아니, 그래도 여자들은 출산하면서 뼈마디가 다 풀릴 정도로
지옥 구경 갔다 오잖아
게다가 시집살이는 어떻고

그런데도 왜 여자들이 남자보다 평균수명이 길은 거야
어떤 학자가 연구했다네*
여자가 남자보다 오래 사는 이유는 아이를 기른다는 것
뭐? 아이 기르는 게 왜 장수 비결인가
동물들도 수컷보다 암컷이 더 오래 산다네
육아라는 의미는 나를 희생한다는 것

보살피는 정신이 결국 불로장생약이라는 거지
유식한 말로 옥시토신이나 오피오드 같은
사랑의 호르몬 덕분에 수명이 길어진다는 걸세

아직도 알아듣지 못했는가
저 남미에 가면 티티원숭이라는 종족이 있지
그런데 이 원숭이들만 예외적으로 수컷이 더 오래
산다는 거야
왜 그런지 알아
암컷은 출산만 하고 육아는 수컷이 맡는다는 거지
아이 기르기는 이타주의
희생이 장수의 비결이라는 거야
뭐, 느끼는 바 없어?

야, 친구야
좋은 기회 다 놓쳐버렸으니 이 늘그막에 어쩌면 좋단 말이냐
그동안 몸보신에 좋다는 스태미나 식품은 다 먹어봤는데

뭐 효과가 있어야지
에이, 안 되겠다
어디 가서 참한 소실이나 하나 봐야겠다
새끼 하나 만들어 직접 길러봐야겠다
장수 비결이라는 데 무슨 짓은 못하겠느냐

소실아
어디 있느냐

---

*슈테판 클라인, 『이타주의자가 지배한다』 참조

끝 타령

남루한 몸뚱이를 이끌고
둥글게 살려고 평생 애썼건만
뾰족한 끝은 왜 그렇게도 많은가

아슬아슬하게 건너온 살얼음판
화근덩어리인 끝
비수와 같은

잘 놀려야지
제멋대로 떠들면 되겠는가
말 한마디로 천 냥 빚 갚을 수 있다 했거늘
날름날름
혀끝

세상 무서운 줄 모르고 함부로 흔들거나
남의 것 찝쩍거리다
상처 만들기 십상이지
부끄러운

손끝

욕망을 앞세우고
너절하게 휘두르다 패가망신할
또 다른 끝
숨겨놓은 무기
좆끝

둥근 세상에서 위험한 비수를 들고
위태롭게 출렁거리고 있는 끝의 주인
마침내 올라서는
머리카락 끝

세상의 끝을 향하여 달리고 있는
끝
끝
끝

금관과 기생

나라가 망하니
게다짝 끌고 온 아귀들
우리 산천을 마구 파헤치며 주름 잡았다
발굴이라는 미명 아래 옛 무덤도 예외는 아니었다
비록 출토 배경은 불경스러웠지만
금관 하나 세상에 나왔다
경주 무덤까지 왔던 스위스[瑞西] 왕자를 기리기 위해
무덤 이름을 엉뚱하게 서봉총瑞鳳塚이라고 지었다

무덤 파헤친 고이즈미 아키오小泉顯夫라는 자
평양박물관 관장까지 올라가
총독부박물관에서 금관을 빌려 갔다
문화재를 사랑한다며

박물관장은 기생을 불러 금관 씌워주고 기념촬영까지 해주
었다
금관을 쓴 기생
아, 멋있다

기생 머리에 국보 금관을 씌워주다니
기생이나 임금이나 똑같다는 뜻인가
식민지에서는
능욕의 땅에서는

고이즈미
그놈 참 멋쟁이였나보다
내가 상상조차 할 수 없을 정도로

강남 스타일

-1-

미망인이라는 말을 왜 그렇게 가슴에 모시고 사세요
아직 죽지 않고 살아 있는 사람이란 뜻
뭐가 그렇게 좋으세요
남편 따라 죽지 않고 살아 있다는 것
그렇게 부끄럽나요

젊은 나이의 청상靑孀
아니, 두 귀는 왜 잘랐어요
재혼하라는 말을 듣고 그랬는가요
정말 잘 생각해 보세요, 나이도 어린데
아니, 코는 왜 잘랐어요
주변에서 재혼하라 재촉했다고 그랬는가요*

오, 열녀
스스로 코를 잘라버린

-2-
강남 성형외과는 만원사례
여학생부터 아줌마까지
아니 외국인 관광객까지

열녀 자리 지키려고 귀와 코를 잘라 버렸던 시절 어디로
가고
열녀의 후예들 이제 미화공사에 거금을 투자하는구나
거리를 가득 채운 같은 공장의 조화造花 제품들

콧대 높여주니
얼굴 더 높게 쳐드네
열 번 시집가도 좋겠다는 듯
아, 좋구나
아가씨는 강남 스타일
아줌마도 강남 스타일

* 『삼강행실도』의 영녀절이슘女截耳 참조

이 어린 양, 한 말씀 여쭙고자 하옵니다

전하
인간들의 일이란 것이 이런 것입니까
벗겨지기만 하는 우리 가족의 가죽
날로 산을 이루고
피바다 물결쳐서 참담하기 그지없습니다
몇 마디 기록을 남기기 위해
끝없이 벗겨져야만 하는 양피지
너무 하옵니다
성경 한 권을 옮겨 쓰는 데
우리 같은 양 5백 마리가 필요하다니
이것이 진정 인간이 할 일입니까

전하
저 동방의 어느 나라에서는
종이라는 것을 만들어
책도 인쇄하고 그림도 그린다 하옵니다
듣자 하니 그 종이를 만든 채륜의 직업은 환관宦官이라고
합다다만

거세된 그 사내의 밤은 얼마나 길었겠습니까
그 길고도 긴 외로운 밤이 마침내 제지술을 완성했나
봅니다

전하
동방의 제지술을 배우기 위해
앞으로 천년 정도는 더 기다려야 하는 우리 서방세계
입니까
아니, 아니 되옵니다
아무쪼록 거세된 사내들을 즐비하게 만들어
그들로 하여금 한 많은 밤을 가득 안게 하옵소서

전하
이 어린 양, 다시 한번 여쭙고자 합니다
양피지는 종이가 아닙니다
오늘부터 양가죽 대신 유능한 사내들의 불알을 까
주옵소서
통촉하시옵소서

암소의 한 말씀

-1-
내가 여기 인도 땅에서 태어난 것은
여러 세대에 걸쳐 복을 많이 지었기 때문이니라
만약 서양 땅에서 태어났다면
우리 가족은 우아한 신사숙녀의 식탁 위에서
비프스테이크 신세로 칼질이나 당했을 것이다
그 자들은 문명국이라고 떠들면서 우리 소 가족만 보면
왜 그렇게 침부터 흘리는지 알 수 없도다

여기 인도 땅
굶어 죽는 사람이 즐비할 정도로 가난한 나라
하지만 그들은 말한다
우리 인간은 굶어 죽을지언정 절대로 소고기는 먹지
않겠노라
그뿐만 아니다
그들은 목숨까지 숱하게 바쳐 가면서
암소 도살 금지법이라는 것을 만들었구나

오, 불쌍한 중생들

 -2-

내가 갠지스 강물을 마시면서 바나라시에서 살고 있음은
홍복이로다
그대들도 갠지스에 몸 담구어 묵은 때 씻기를 권하노라

이 몸, 귀하신 이 몸
거리를 산책하다 피곤하면 아무데서나 누워 쉬기도 한다
질주하는 자동차들
아우성치지도 못하고 얌전하게 우리들의 처분만 기다리는
도다
거리의 사람들도 공경하는 눈초리가 예사스럽지 않고
과연 소들의 천국이로다

어쩌다 거리에서 실례라도 하게되면
인간들은 서로 달려와 처리하겠다고 다투는구나
아무리 우리 몸이 귀하다할지라도

어떻게 우리네 똥조차 서로 모셔가려고 혈안이 되는가

소똥으로 인간의 집 담장을 도배하는 나라
소똥이 황금인 나라
여기가 진정 천국이 아니면 무엇이란 말이냐

우리 소똥은 말리면 최고품의 연료
가정을 화기애애하게 만드는도다
화력 좋지, 게다가 연기조차 나지 않지
우리 소똥은 인간의 집을 유지시키는 에너지이니라
우아한 식탁에서 칼자루 쥐고 말로만 평화를 외치고
있는 신사 나리
내가 소똥 한 바가지 선물하랴?

에헴
이 귀하신 몸
암소, 행차이시다
물렀거라

에너지 소비만 몰두하고 있는 인간들아
물렀거라
소똥만도 못한 것들아
물렀거라

뭐, 돼지 같은 놈?

천덕꾸러기처럼 평생 손가락질당했지만
이제 주인아저씨 좋아할 만큼
식당에서 즐겨 찾는 메뉴가 되었다

그대 인간들아
야생의 우리 가족을 가축이라고 길들여놓았으면
최소한의 예의는 지켜야할것 아니냐
삼겹살 오겹살 좋다면서 우리 몸뚱아리 탐낼 때는
언제고
사내들은 왜 그렇게 물불 가리지 않고 몸뚱아리만
탐내는지 알 수 없구나
그러면서 뭐라고

돼지 같은 놈

그대들은 보았느냐
우리 돼지가 땀 흘리는 것을

뭘 알고 돼지갈비집이라도 찾아야 할 것 아니냐
우리 돼지 가족은 땡볕 직사광선에 방치되면 그대로
죽을 수밖에 없단다
부끄러운 일이로다
아니, 자랑스런 일이로다
태양 아래 반반하게 내세울 것 없다면 목숨이라도
기꺼이 내놔야할 것 아니냐

돼지 울깐
그래서 더럽다고?
우리 돼지라고 청결 개념이 없는 줄 아느냐
우리가 똥오줌 위에서 몸을 구르는 것은
체온을 낮추고자 선택한 생존전략이란다
아니, 그대 인간들에게 맛있는 삼겹살 제공하려고
지저분한 곳에서도 군소리 없이 몸무게 늘려주고
있는 것 아니냐

평생 두 얼굴로 남의 살만 넘나보면서 헐떡거리고 있는
족속아
너 지금 뭐라고 씨부렁거리고 있느냐

뭐, 돼지 같은 놈?

복장 터질 일

불상을 만든다
완성된 불상의 배 안에
진귀한 물건들로 가득 채운다
빈틈없이 채운 발원의 정성들

오랜 세월 흘러 불상의 배를 열게 되면
차곡차곡 쌓여 있는 보물들
새바람 씌우고 다시 배 속에 넣으려면
결코 다 넣을 수 없는 것
넘치는 복장품腹藏品
결코 되돌릴 수 없는 것
정말 복장 터질 일이다

평생 내가 만든 이 조그만 그릇에
다시 담을 수 없는 흘러간 계절
정말 복장 터질 일이다

바람 부는 날

 -1-
그 식당에 한 번 가보고 싶다
바람 부는 날은 영업하지 않는다는 곳
배를 띄울 수 없어
고기 잡을 수 없어
저녁나절에 팔 것이 없다는

 -2-
평생 바람 속에서 위태롭게 출렁거리기만 한
이 불량 고기 덩어리
팔 것이 없으면서도 포장만 그럴 듯하게 해놓고
바람 부는 날조차
자꾸 자꾸 문을 열면서 호객행위하려 했던

이제 착한 말이라도 한 마디 남기고 싶다

바람 부는 날
한 생애를 내려놓고 싶다

(야, 웬수야

이렇게 말하면 속 시원하냐?)

세계의 근원

누워있는 젊은 여자
가랑이를 쫙 벌리고 있다
아무것도 걸치지 않고
오, 맙소사

천사를 보여주면 천사를 그리겠다던 화가
구스타브 쿠르베
그는 1866년 여체의 옥문을 확대해서 그렸다
지극히 도발적인 그림이다
제목을 세계의 근원이라고 했다
음, 세계의 근원

미술평론가 다니엘 아라스는 저서의 첫머리에서
자신이 특히 좋아하는 그림은
세계의 근원이라고 힘주어 말했다
이 얼마나 아름다운 고백인가

그곳에서 세상 구경하러 나오고도

그곳에서 생애를 소진시키고도
근원조차 모르는 놈
특별히 좋아한다고 말 한마디도 하지 못하는 놈
불쌍한 놈
결국 세계의 근원은커녕
본인의 근원조차 모르는 놈
쿠르베 그림을 백배쯤 확대해서 침실에 걸어줘도
까만 숲속에서 헤매다 비명횡사할 놈
그것도 순직이라고 우길 놈
어디서 왔다가 어디로 가는지
뭣도 모르는 놈

쿠르베의 그림만 불쌍하다
무슨 근원이라고?

해설

솔직하고 통쾌한 즉물적 포에지,
돈오頓悟적 각성

솔직하고 통쾌한 즉물적 포에지,
돈오頓悟적 각성

이경철(문학평론가)

어떤 사진작가가
카메라 조리개를 크게 열어놓고
연극 한 편을 찍었다

시간의 축적을 인화했다
찧고 까불었던 등장인물
모두들 어디로 갔는가

오랜 시간 노출로 열심히 찍은 오만가지 이야기
지지고 볶고 설쳐댔지만
결국 남은 것은 백지

하얗게 지워진 무대

어떤 자서전

―「자서전」전문

경륜과 솔직한 고백이 자연스레 빚어가는 시세계

윤범모 시인의 시편들은 재밌다. 유쾌하고 통쾌하게 시와 이야기, 성聖과 속俗, 있음과 없음, 진짜와 가짜 등 2분법 경계를 없애버린다. 그리고 새하얀 백지, 세상과 삶의 본질에 맞닥뜨리게 한다. 엄숙하게가 아니라 활달하고 솔직하고 능청스럽게.

난해하고 장황한 시들이 난무하는 요즘 시단에서 시가 유쾌 통쾌하고 재밌게 읽히는 것은 윤범모 시편들의 큰 미덕이다. 거기다 어느 고승高僧들의 설법보다 큰 가르침과 깨우침을 '나 또한 그렇다'며 고개 끄덕일 정도로 독자들에게 즉각적으로 주고 있는 것이 이번 시집 『바람 미술관』의 특장이다.

2008년 『시와 시학』 신춘문예에 당선돼 시단에 나온 시인은 『불법체류자』, 『노을 氏, 안녕』, 『멀고 먼 해우소』, 『토함산 석굴암』 등의 시집을 펴냈다. 미술사를 전공한 미술평론가로 잘 알려진 시인은 일상과 풍경 속에서 짤막한 삽화로 삶과 세계를 통찰케 하는 시편들에 정통해 있다는 평을 받아왔다.

고희로 접어들며 펴낸 이번 다섯 번째 시집 『바람 미술관』에서는 그런 통찰이 경륜과 거침없는 솔직함으로 한 경지에 이르고 있음을 볼 수 있다. 이번 시집의 시 세계 특장을 잘 드러낸 거 같아 맨 위에 인용한 시 「자서전」을 보시라. 연극 한 편을 그대로 다 찍은 사진작가 에피소드를 통해 세계와 삶의 본질은 하얀 백지, 공空이라는 것을 쉽게 보여주고 있지 않은가.

공이라는 그 고단위 관념을 사진 인화지 사실로 그대로 보여주고 있지 않은가. 찧고 까불고 지지고 볶고 하는 아등바등한 우리네 삶도 한 편의 연극, 꿈에 불과하다는 것을. 그런 연극을 담은 무대, 세계도 또한 공하다는 것을 백지 인화지로 증명해내고 있지 않은가.

평생 도둑질을 즐기며 살았다
말하기 좋아 역마살 인생이지
좋은 풍경 찾아다니며 세월을 탕진했다

멋진 풍경 하나 만들어 남에게 보이지도 못하고
낡아 버린 탐미의 얼룩들
이마에 쭈글쭈글 밭고랑으로 남았다

진정 고백하건데
평생 남의 풍경만 훔치면서 살아왔다

나는 도둑놈이다

풍경 도둑놈

— 「나는 도둑놈이다」 전문

공에 대한 유쾌한 달관의 미학은 위 시에서처럼 "진정 고백하
건데"라는 솔직한 고백에서 나온다. '풍경 도둑놈'은 미술평론가
이기도 한 시인 자신의 진술한 고백이기도 하다. 또한 공한 삶에
대한 평생의 통찰이기도 하다.

과자를 담은 그릇

한 번 쓰고 버리기에는 너무 아까워

과자 몇 개 꼬시래 삼아 마당에 놓았더니

어떤 벌레가 잡수었나

텅 빈 그릇 하나 덜렁 남았네

심심한 그릇이 안쓰러웠는지

하늘은 빗물을 보내고

새들 불러 친구 삼아주었네

하늘을 담는 그릇

지상으로 내려온 하늘에

구름도 찾아와 그림까지 그려주니

이 무슨 횡재인가

그릇을 들어보니 주름진 얼굴 하나 들어있네
누구의 자화상인가
하늘조차 쫓아버리고
계속 흔들리고 있는

— 「하늘을 담는 그릇」 전문

서울 상암동 하늘공원에 가면 하늘을 가득 담은 것 같은 거
대 조형물 '하늘을 담는 그릇'이 있다. 제목은 거기서 따온 것 같
지만 이 시에서는 조그만 과자 그릇이다. 과자를 다 먹은 그 빈
그릇에 자연 그대로가 오롯이 담기고 있다. 빗물도 담기고 하늘
도 담기고 구름도 담기고.

그 빈 그릇 속을 가만히 들여다보니 시인의 얼굴이 담겨있다.
빗물에 흔들리며 비친 얼굴을 자신의 자화상처럼 들여다보고
있는 시다. 허전하면서도 한편으론 또 흔들리며 무언가를 계속
찾고 갈구하고 있는, 솔직한 모습을 보아내고 있다.

깨진 유리잔 그림
취급주의 꼬리표

야물지 못해 평생 허술하게 살아 온

언제 깨질지도 모르는 위태로운 물건 하나

취급주의 꼬리표

옷깃에 휘날리며

나는 비행기에 오른다

허허허

— 「취급주의」 부분

　이 고백, 자백에서 그대로 드러나듯 시인은 솔직하다. 인정에
약해 평생 허술하게 살아왔다. 그 인정과 허술의 틈새에서 새어
나오는 실소失笑와 허사虛辭 "허허허"가 죽비처럼, 고승의 일갈처
럼 독자들을 깨우치고 있는 시집이 『바람 미술관』이다.

　본질적 삶과 세계를 향한 도반으로서의 풍경과 현실

그렇게 모여 살고 있었구나

나무 한 그루 없는 평원에서

풀, 풀들

키를 낮추고 또 낮추면서

떼를 이루며

풀 떼

대지의 알몸을 감싸주고 있는

초원

몇 날을 달려도 줄기차게 쫓아오는

푸른 하늘의 짝꿍

칭기즈칸 군마軍馬들이 짓밟고 갔다 해도

그들의 흔적 몽땅 지우고

푸르른 옷자락 휘날리고 있구나

풀풀

야단법석의 풀잎 수행자들

한 소식이 별것이냐며 잔바람에도 춤을 추고 있구나

풀잎

나의 도반道伴

— 「몽골 초원에서」 전문

　몽골에 가면 초원이 끝없이 펼쳐진다. 그 초원길을 말 달리며
칭기즈칸은 아시아와 유럽의 경계를 없애고 제국을 세웠다. 그
런 칭기즈칸의 제국도 이제 초원에 덮였다.

　위 시는 그런 제국의 역사보단 풀을 들여다보고 있다. 아주
자연스레 그런 풀과 도반이 돼가며 세상을 깨치고 있는 시다. 언
어가 언어를 부르며 아주 자연스레 구사되고 있다. 별난 언어 의
식이나 고답준론이 아니라 이렇게 자연을 자연으로 보며, 시인

도 자연과 한 몸이 돼가는 자연스런 시문법이 윤 시인 시의 특
장이다.

지난여름은 위대했다고
도처에서 칭송이 자자하더라도

찬바람 불면
서푼어치의 미련도 남기지 않고
단호하게 떠날 채비를 하는 그대

매년 때가 되면
옷 벗는 연습하라고 교육시키는
나의 호스피스
오, 낙엽 씨

— 「오낙엽 씨」 전문

얼마 전 난리 치며 한바탕 할퀴고 가더니
오늘 또 다시 오셨네
아직도 화가 풀리지 않으셨나요
회초리 들고 자꾸 오시니

소생도 이제 나이가 드는 것 같아 조용히 있으려는데

그런 속사정 눈 감아 줄만도 하련만

뜨거운 세월 포기하고 뒷전에 처져 있으려면
그깐 놈의 일생
아예 집어치우라고요?

가로수 뒤집어엎을 열정
잊지 말라고
또다시 찾아온
나의 조련사
오, 태풍 씨

— 「오태풍 씨」 전문

'낙엽'이나 '태풍' 같은 자연에 '씨' 자를 붙이면서까지 의인화하고 있는 시다. 자연은 자신을 깨우쳐주는, 자신과 함께 자연스러운 도를 공부하는 도반이기 때문에 '오'라는 감탄과 함께 존칭해도 좋을 것이다.

낙엽은 벗을 땐 벗고 버릴 땐 버리라는 것을 알려준다. 계절이 지났는데도 아직 매달려 있는 나뭇잎들은 또 얼마나 안쓰럽고 추레한가. 낙엽은 또 마지막 죽음까지도 아주 자연스럽게 맞으라고 호스피스처럼 편안히 가르쳐준다.

반면 태풍은 그런 한 경지에만 머물지 말라고 가르친다. 포기하지 말고, 안주安住하지 말고 뒤집어엎고 항상 떠나라 가르친다. 제법무상諸法無常이라, 법에도 머무르지 말고 자연스러우라는 것이다.

　　대나무는 나이를 자랑하지 않는다
　　그래서 나이테가 없다
　　아니, 세월이 갈수록 속을 크게 비워낸다
　　허리를 굽히기는커녕 꼿꼿하게 서서
　　사시사철 푸르기만 한
　　그는 별종別種이다

　　나는 욕망의 서울 거리에서 헤매고 있는데
　　친구는 대나무 숲에 가자고 보챈다

　　대나무
　　우리 사회와 어울리지 않는 놈
　　지독한 놈

　　친구여
　　대나무를 멸종시킬 수 없겠는가

　　　　　　　　　　　　　　　　　　　　　　　　　　─「대나무」 전문

전반부에서는 대나무를 칭송하고 있는 시다. 세월이 갈수록 비워내고, 사시장철 푸르고 꼿꼿해서 예로부터 군자로 대접받아온 나무가 대나무다. 그런 대나무가 후반부에 와서는 별종으로 멸종의 대상이 되고 있다. 왜? 사회와 어울리지 않고 혼자 고고하기 때문에.

위 시에도 커다란 깨우침이 담겨있다. 홀로 군자로 대접받기보단 자연스레 사회와 어울리라는 것이다. 본래의 마음을 찾았으면, 깨쳤으면 다시 저잣거리로 나가 평상으로 어울리는 평상심시도平常心是道를 역설적으로, 재밌게 보여주고 있는 시다.

> 철교 위를 멀쩡하게 걸었지만
> 강을 건너기도 전에 발걸음을 멈춰야 했다
> 폭격으로 끊겨진 다리
> 더 이상 진전이 없는 다리
>
> 전쟁은 압록강을 불구로 만들었다
> 반세기가 훌쩍 넘어도 아직 불치의 병인가
> 이국에 와서 나는 절뚝거리는 불구가 되었다
> 내 다리 내놓아라
> 빗자루 귀신아
> 달걀귀신아
>
> ― 「불구」 전문

부제 '단둥 압록강 단교에서'가 말해주듯 중국 단둥에서 중국과 북한을 잇는 압록강 다리가 끊어진 것을 보며 쓴 시다. 마치 시인의 다리가 잘린 듯 분단을 아파하고 있는 시다.

이같이 이번 시집 속 풍경들은 역사적, 현실적 아픔을 담고 있기도 하다. 그러나 윤 시인의 현실 의식 시는 다른 시인들의 시와 달리 비판이나 고발 차원이 아니다. 아픔의 원인을 들춰내지 않고 그냥 빗자루 귀신, 달걀 귀신한테 던져준다. 이런 타령, 허사가 그 현실을 더 아프게 하며 독자들에게 더 큰 울림을 주고 있다.

단일민족이라는 어떤 나라

조그만 연못 같은 나라

끼리끼리 모여 한 가지 목소리만 요란하게 내면서

담장을 높였다

두 쪽으로 갈라진 줄도 모르고

껍데기만 화려하게 치장하려 했다

담장 문을 열고자 하니

숲속의 새들이 먼저와 축가를 들려주었다

새들은 네 편 내 편이 없었다

사실 연꽃도 그랬다

─「연못 이야기」 부분

불교에서 연꽃이 꽃 중의 꽃이 될 수 있었던 것은 자신들만 무리 지어 순종으로 피어있기 때문이 아니다. 흙탕물 진흙 속에서도 맑게 피어나기 때문이다.

그런 연꽃을 보면서, 연꽃들의 연못을 조성하면서 섞여 사는 사회의 본질을 밝히고 있는 시다. 내 편 네 편 갈라 싸우며 두 쪽으로 갈라진 사회현실을 안타까워하면서 만물이 하나로 어우러지는 화엄세상을 향하고 있다.

이렇듯 이번 시집에는 자연이나 사회 현실의 풍경을 담고 있는 시편들도 많다. 풍경 도둑이 아니라 풍경을 풍경, 자연으로 돌려주려 한 시편들이다. 삼라만상 풍광, 두두물물頭頭物物을 도반 삼아 깨우치고 있는 시편들이다. 그런 시편들의 시문법도 꾸밈없이 자연스레 흐르고 있다.

미술 작품 본질로 직격해 들어가는 깨우침

바다가 보이는 비탈진 언덕에
미술관이라고 명패를 단 창고 같은 조그만 건물
안에는 진열품 하나 없다

꽉 채우지 않은 벽면의 일정한 간격
그 파격의 틈새로
햇살은 막무가내로 비집고 들어와 빗금으로 살랑거렸다

화려했다

햇살 작품

태평양 건너

제주의 억새밭 뒤흔들고 끼어든 바람

전시장을 가득 메웠다

바람을 전시하다니

바람소리를 전시하다니

세상의 소리를 보라고 전시하다니

오, 관세음觀世音보살

— 「바람 미술관」 전문

    제주도 서귀포에 있는 '바람 미술관'을 있는 그대로 전하고 그 평을 쓰고 있는 시다. 미술관이라면 으레 전시된 작품이 있어야 하는데 없다. 대신 햇살과 바람의 섬 제주의 자연을 그대로 전시하고 있다.

    건물 틈새로 새어든 햇살이 시시각각 그리는 햇살 작품. 오대양 육대주를 떠돌다 들어온 바람과 그 소리가 잠시 머물며 그대로 작품이 된 바람 미술관. 그곳에서 시인은 관세음보살을 봐내며 감탄을 터뜨리고 있는 시다.

    고해苦海 같은 세계의 모습과 고통의 소리를 다 보고 듣고 편

안히 구제해주는 보살이 관세음보살이다. 자연에서 시인은 그런 관세음의 자유, 해탈을 봐내고 있다. 아니 미술평론가이기도 한 시인은 미술 작품 속에서 그런 고해와 해탈의 경지를 봐내고 있는 시편들도 이번 시집에서는 눈에 많이 띈다.

설날 연휴에 과천으로 갔다
계곡 타고 내려오는 바람이 몸을 움츠리게 했다
무슨 소리인가
바람 소리치고는 이상했고
귀신 씻나락 까먹는 소리 같지도 않았다

미술관 입구에 들어서자
거기 덩치 큰 사내 하나
알몸으로 우뚝 서 있다
그는 아래턱만 움직이면서 뭔가 소리를 만들었다
노래하는 사람이란 제목을 달고

비가 오나 눈이 오나 사시사철 밖에 서 있는 사내
신음소리 통곡소리 속으로 잠기게 하고
때가 되면 무조건 노래를 불러야 하는 사내
허우대만 그럴 듯하지
팬티 한 장 걸치지도 못하고 울어야만 하는 사내

나는 미술관 안에 들어가지 못하고

밖에 서 있어야만 했다

점점 목이 쉬어가면서

—「벌거벗고 노래하는 사내」 전문

부제 '조나단 브로프스키의 작품 앞에서'가 말해주듯 과천 국립현대미술관 야외 전시장에 서 있는 대형 설치작품을 보고 쓴 시다. 광화문에 서 있는 '망치질하는 사람'으로 잘 알려진 작가의 그 작품은 망치질, 일 대신 아래턱을 움직이며 끊임없이 노래를 불러야만 한다.

고정된 일상에 갇힌 현대인들의 우수, 혹은 실존의 한계상황을 온몸으로 드러내고 있는 작품으로 볼 수 있다. 시인도 미술평론가로서 전문적인 용어 하나 없이 일상어로 쉽게 그런 작품을 드러내고 있다. "점점 목이 쉬어가면서" 벌거벗고 노래하는 사내와 한 몸 한마음이 돼가면서.

누워있는 젊은 여자

가랑이를 쫙 벌리고 있다

아무것도 걸치지 않고

오, 맙소사

천사를 보여주면 천사를 그리겠다던 화가

구스타브 쿠르베

그는 1866년 여체의 옥문을 확대해서 그렸다

지극히 도발적인 그림이다

제목을 세계의 근원이라고 했다

음, 세계의 근원

(중략)

그곳에서 세상을 구경하러 나오고도

그곳에서 생애를 소진시키고도

근원조차 모르는 놈

특별히 좋아한다고 말 한마디도 하지 못하는 놈

불쌍한 놈

결국 세계의 근원은커녕

본인의 근원조차 모르는 놈

— 「세계의 근원」 부분

    시 속에 나오는 대로 쿠르베의 회화 '세계의 근원'에 대한 시
다. 사실주의 화풍 대가답게 여성의 음부를 사실적으로 그린 작
품으로 누가 봐도 도발적인 그림이다.
    그런 작품을 보며 시인은 자신의 위선을 적나라하게 반성하
고 있다. 이런 사실적이고 솔직한 반성에서 우리는 세계의 근원,

본질에 다가설 수 있다. 언어와 학문, 기성의 앎은 우리를 얼마나 자연, 그 근원에서 멀리 떠나 세계를 인위적으로만 바라보게 했는가. 세계상은 세계의 본질과는 동떨어진 인위적 허상이 되게 했는가.

쿠르베의 그림, 아주 사실적인 여성의 옥문을 들여다보면서 솔직하게 그런 인위의 허상과 위선을 반성하고 있는 시다. 그러면서 독자들도 본질, 근원으로 쉽고도 단순하게 이끄는 시다. 미술평론가답게 이번 시집에서는 미술 작품도 하나의 자연 풍경과 같이 본질과 근원을 향한 도반으로 삼아 깨우침을 주고 있는 시편들도 적잖이 눈에 띈다.

쉽게 쉽게 써가며 열어젖힌 선시禪詩의 한 경지

자, 가출한 고양이를 찾아볼까요
여기서 무엇보다 중요한 것은 적막한 시간
거기다 깜깜한 밤이면 더 좋겠네요
그렇다고 멀리 갈 것도 없어요
우선 집안의 후미진 곳부터 살펴보세요
움직이는 것들의 습성은 다 비슷하니
야옹아, 야옹아
간절하게 불러보세요
화두를 든 것처럼

소식이 없으면 옆집으로 가세요

거기도 아니면 그다음 집으로

아마 동네 어디엔가 숨어 있을 거예요

고양이는 결코 멀리 있지 않아요

다만 주의할 것은 하나 있는데

손전등을 사용하면 안 돼요

억지로 빛을 만든다고 해결될 일은 아니거든요

고양이는 정말 가까운 데 있어요

깜깜한 곳에 숨어 있을 따름

마음의 등불을 높게 걸면 찾을 수 있을 거예요

잠깐, 지금 뭐라고 질문했어요

당신의 정체가 뭐냐고, 그게 무슨 말씀이세요

고양이 탐정인가

아니면

선방 수좌首座인가?

— 「고양이 찾기」 부분

집 나간 고양이를 찾는 법을 인터넷에서 검색해보면 나올법
한 문구다. 쉽고 친절하게 그 법을 알려주고 있으니. 그러나 "화
두를 든 것처럼", "마음의 등불", "선방 수좌首座" 등의 시구에서
이 시가 고양이 찾기 너머 마음 찾기로 향하고 있음을 알 수 있다.

불교에서 마음 찾기를 잃어버린 소를 찾아 나선 것에 빗대 설명한 그림이 심우도尋牛圖다. 10단계로 나눠 그린 십우도十牛圖는 불자가 아니어도 널리 알려진 그림이다. 그러나 잃어버린 마음, 본래의 마음 찾기가 어디 그리 쉬운 일인가. '일체유심조一切唯心造'라, 세상 모든 것은 마음이 지은 것이라는 불교의 요체인 그 마음 찾기가. 그래 화두話頭 하나 들고 평생 참구해도 잡히지 않는, 언어의 길이 끊긴 곳에서 잡히는 것이 잃어버리기 전 본디의 마음일 것을.

그런 고단위 개념의 마음 찾기, 혹은 선禪을 참 쉽게 알려주고 있는 시다. 선을 말로써 설명하려면 참 어렵다. 말이나 설명이나 논리의 지경을 넘어선 곳에 있으니. 그럼에도 그런 선의 지경을 향하고 일상 속에서 문득 선적 깨우침을 아주 쉽게 보여주는 시편들도 이번 시집에는 눈에 많이 띈다. 아니 앞에서 살펴본 풍경이나 현실, 미술 작품에서 우러난 시편들도 궁극으론 선적한 경지를 보여 주려 하고 있다.

내 지인이 커피 두 잔을 들고 가다

넘어져

얼굴을 시멘트 바닥에 찧었는데

결국 저승으로 직행했다네

그깐 커피 두 잔이 아까워서

두 손을 묶어놓은 바람에

그만 참변을 당했다네

사람은 나이 들수록
두 손을 가볍게 해야 한다네
커피잔은 없어도 좋으니
빈 손바닥만 보여주게
주먹 쥐고 저승 가는 사람은 없으니

—「빈 손」 부분

　일상 속에서 문득 깨닫고 있는 시다. 너무 지당한 말이어서 굳이 또 할 필요는 없지만 그게 또한 선의 궁극이요, 언제나 지당한 이치, 법 아닐 것인가. 밥 먹으니 배부르고, 산은 산이요 물은 물이다는 동어 반복법, 자연다움이 곧 평상심시도다.
　"평상심이란 조작이 없고, 시비가 없고, 취사取捨가 없고, 단상斷常이 없고 범성凡聖이 없는 것이다"고 중국의 선을 크게 진작시킨 마조 도일 선사는 말했다. 분별과 차별에 오염되지 않은 우리네 평상심 자체가 곧 부처, 즉심즉불卽心卽佛이란 것이다.
　저승 갈 때 뭐 갖고 가는 사람 보았는가. 거지도 재벌도 다 빈 손으로 가지 않는가. 그걸 뻔히 알면서도 우린 또 얼마나 많이 손에 쥐려고 아등바등 사는가. 일상, 평상 속에서 그런 삶을 문득 깨우치고 있는 시다.

산속에서도

산이 산인 줄 몰랐네

물속에서도

물이 물인 줄 몰랐네

가야산 호랑이의 죽비소리 산은 산, 물은 물

그 싱거운 법어에

화들짝 놀라 되돌아보니

길 위에서 길을 찾아 헤매고 있었네

빌어먹을 인생

꽃다발 들고 가면서도

딴 꽃다발에 한눈이나 팔고 있는

―「정말 산은 산일까」 전문

"산은 산, 물은 물"이란 말은 '가야산 호랑이'로 불렸던 성철 스님이 우리 일반에 죽비처럼 다시금 환기 시켜준 말. 그 말을 모티프 삼아 일상에서 깨닫고 있는 시다.

어렸을 때 우리는 으레 산은 산으로 보고 물은 물로 보았다. 그러다 그런 일상적 으레, 상집常執을 끊고 우리는 앎에 이르려 얼마나 산을 산으로 안 보려 했고 물을 물로 보지 않고 부정하려는 단집斷執에 사로잡혀 살아왔는가. 그러다 다시금 보니 산은 의연히 산이고 물은 의연히 물이라는 깨달음의 세계에 이른 것이다.

아집我執에 사로잡히지 말고 자연 그대로, 있는 그대로의 현실을 보라는 것이다. 그런 도道와 선의 세계는 말로 설명하기 전에 이미 스스로 환하게 현전現前하는 본지풍광本地風光으로서, 우리가 그 속에 살고 있는 이 현실적 세계, 바로 그것이다. 그래 심우의 마지막 열 번째 단계에서도 본디의 마음을 찾았으면 다시 저잣거리 현실로 나가라 하지 않는가.

그런 세계야말로 운문선사가 화두로 던진 '날마다 좋은 날'의 세계다. 너무나 자연스럽기에, 동어반복이고 싱거운 그 이치, 현전의 세계를 모르고 또 다른 그 무엇을 찾아 헤매고 있는 어리석음을 둘러보게 하는 시가 「정말 산은 산일까」다.

꽃다운 10대에 내림굿을 받고 춤추기 시작했다던
그것도 한 60년 이상을 뛰었다던
늙은 만신은 말한다

-저 어린 것
　오늘 처음 작두날 위에 올라간 거예요
-아, 어쩜, 작두날 위에서 저렇게 춤을 출 수 있을까
　얼마나 연습하면 작두 위에 올라갈 수 있나요
-아니, 굿이 무슨 연습 하고 올라가는 쇼인가요
　하기야 서양 무대에 가서 굿을 하게 되면

리허설인가 뭔가 하라고 자꾸 보채요

리허설을 하면 굿은 망치기 마련

신바람이 도망가지요

덩더꿍 덩더꿍

늙은 만신은 눈빛으로 말한다

매일 매일

맨발로

작두 위에 올라가라

우리네 살림살이에 연습할 만큼

사치스런 시간이 있었던가

작두에 올라라

맨발로 작두 위에 올라가라

한눈 그만 팔고!

—「작두 타기–강화도에서 김금화 만신과 함께」 부분

날이 시퍼렇게 선 작두를 타는 무당굿을 보면서 만신과의 대화로 진행되고 있는 시다. 무당굿은 무대의 연극이나 쇼와는 다르다는 것이다. 왜? 신명, 신바람이 나야 출 수 있으니까. 그러니 우리네 순간순간의 삶 또한 맨발로 작두에 오르는 것과 다름없다는 것이다.

무속, 우리의 고유 전승 굿에서 말하는 신명이며 신바람이 곧 실존철학과 선에서 말하는 현전이요 본지 풍광일 것이다. 자연이나 세계 혹은 대상과 나는 원래 분리된 것이 아니다. 인간의 관념에 의해 만들어진 세계상이 아니라 그냥 자연 그대로의 세계다.

아집을 버린 세계가 지금 눈 앞에 펼쳐진 현전이며 그 신명의 신바람 난 세계다. 윤 시인은 좋은 시편들은 일상 속에서 선적인 직관으로 그런 신명난 세계를 쉽고도 재밌게, 그러면서도 만만찮은 지경으로 펼쳐 보여 주고 있다.

바람 일으켜 세워놓고
꽃잎 하나 떨어지는구나

바람에
이 몸도 갸우뚱
추락할 뻔했네
오늘이 마지막 날인 것처럼
정말
시껍했네
이 한순간의
십겁十劫
시껍했네

꽃망울 맺건

꽃잎 떨어지건

찰랑, 찰랑

찰랑, 찰랑

그것은 십겁

시껍했네

―「시껍했네」 전문

바람 일어 꽃잎 떨어지고 갸우뚱 몸도 떨어지려는 찰나 문득 한 소식하고 있는 시다. 굉장히 큰 깨달음에 이르고 있음에도 아주 유쾌하게 넘어가고 있는 시다. 언어의 의미나 개념이 아니라 음상音像으로, 즉물적으로 재밌게 미끄러지고 있는 시다.

목숨 줄을 놓칠 정도로 시껍한 한 순간, 찰나에 십겁에 이르는 영원한 진리를 문득 깨닫고 있다. "이 한순간의 십겁"이라고. 순간이 없으면 겁이라는 영원에 이르는 시간이 어찌 있겠는가. 그러므로 꽃망울 맺는 순간이든, 떨어지는 순간이든 그 찰나가 찰랑찰랑 꽉 찬 시간 아니겠는가.

빼어난 시편들은 과거, 현재, 미래를 동시에 끌어안고 있는 내적 경험이 응결된 한순간에 자아와 대상들의 동시 다발성을 끌어안으며 현재화, 구체화한다. 시의 정수를 말하는 '에피파니', '아우라', '묘오妙悟' 등은 물론 가스통 바슐라르의 '순간화된 형

이상학으로서의 포에지' 등은 선에서 문득 깨닫는 돈오頓悟의 지경과 흡사하다.

철학자이면서 시와 상상력을 현상학적으로 분석한 바슐라르는 한 편의 짧은 시 속에는 전 우주의 비전과, 하나의 혼의 비밀, 그리고 여러 대상의 비밀을 동시에 드러내는 순간화된 형이상학으로서의 포에지가 들어있다고 했다. "포에지는 본질적인 동시성의 원리, 아주 확산되고 분리된 존재가 자신의 통일을 이루는 그런 원리가 된다"며 시, 포에지에서 일즉다 다즉일一卽多 多卽一의 화엄 세계를 봐냈다.

「시껍했네」는 그런 포에지의 화엄 세계를 아주 재밌게, 유쾌하게, 자연스럽게 드러내고 있다. 무겁고 어려운 이론이나 개념이 아니라 가볍고 쉬운 즉물적 언어로. 이게 이번 시집에 드러난 윤범모 시세계의 특장이다. 그런 특장을 잘 살려 경륜과 막힘없는 솔직 단순함으로 통쾌하면서도 묘오한 시세계 일궈나가며 큰 시인 이루시길 빈다.

다할시선 006

바람 미술관

2020년 1월 10일 초판 1쇄 인쇄
2020년 1월 20일 초판 1쇄 발행

지은이	윤범모
펴낸이	김영애
편 집	윤수미
디자인	이문정
마케팅	김배경
펴낸곳	SniFactory(에스앤아이팩토리)

등록일	2013년 6월 3일
등록	제 2013-00163호
주소	서울시 강남구 삼성로 96길 6 엘지트윈텔 1차 1402호
전화	02. 517. 9385
팩스	02. 517. 9386
이메일	dahal@dahal.co.kr
홈페이지	http://www.snifactory.com

ISBN 979-11-89706-91-3 (13810)   값 10,000원

ⓒ 윤범모 2020

다할미디어는 SniFactory(에스앤아이팩토리)의 출판브랜드입니다.
이 책은 저작권법에 따라 보호받는 저작물이므로 무단 전재와 무단 복제를
금지하며, 이 책 내용의 전부 또는 일부를 이용하려면 반드시 저작권자와
SniFactory(에스앤아이팩토리)의 서면 동의를 받아야 합니다.